Elysé GODO

L'amour raté

La bataille de l'étole et de la bague de mariage

Bibliothèque Nationale du Bénin
ISBN : 978-99982-1-864-2
DÉPÔT LÉGAL : 15740
Dépôt légal : Février 2024

Table des matières

Préface :

Il y a des moments dans nos vies où la frontière entre la réalité et la fiction semble s'estomper, où nos expériences personnelles se transforment en récits captivants qui méritent d'être partagés. Ce roman est le fruit de l'exploration de ces moments, où la vie rejoint l'art pour créer une histoire qui résonne avec authenticité.

À travers les pages qui suivent, vous découvrirez un récit profondément personnel, inspiré par mes propres expériences et émotions. Chaque personnage, chaque événement est ancré dans la réalité de mon vécu, reflétant les hauts et les bas, les joies et les peines qui ont jalonné mon chemin.

Ce roman est une invitation à un voyage intime à travers les méandres de ma vie, où chaque chapitre révèle une facette unique de mon être. Des moments de bonheur éclatant aux périodes de ténèbres les plus profondes, je partage avec vous les émotions brutes et les réflexions qui ont forgé mon parcours.

Mais ce récit va au-delà de ma propre histoire. Il explore les thèmes universels de l'amour, de la perte, de la foi et de la résilience, offrant une réflexion sur la condition humaine dans toute sa complexité. À travers ces pages, j'espère que vous trouverez des échos de votre propre vécu et que vous serez inspiré à réfléchir sur votre propre cheminement à travers la vie.

Enfin, je vous invite à vous plonger dans cette histoire avec ouverture et empathie, à laisser les mots et les émotions vous emporter dans un voyage au cœur de l'humain. Que ce roman soit pour vous une source d'inspiration, de réconfort et de compréhension, et qu'il vous rappelle que nous sommes tous liés par les fils invisibles de notre humanité commune.

Avec toute ma sincérité.

L'auteur

Chapitre 1: La rencontre de mes parents

L'année était 1987, une époque où les destins se tramaient dans les ruelles poussiéreuses des villages béninois. Jean, un jeune homme aux yeux rêveurs, était fiancé à Jeannette, une femme dont le nom évoquait les promesses d'un avenir convenable aux yeux de sa famille. Mais le cœur de Jean n'était pas encore aligné sur le chemin tracé par les conventions sociales.

C'est dans ce contexte que Jean rencontra Monique, une femme aux cheveux noirs comme la nuit et au sourire éclatant. Leurs chemins se croisèrent lors d'une fête de village, où la musique des tam-tams résonnait dans l'air chaud de la nuit. Monique, chargée de distribuer les mets traditionnels, attira l'attention de Jean par sa grâce et sa vivacité.

Leur rencontre fut un coup de foudre instantané, une étincelle qui embrasa leurs cœurs et éclipsa tout le reste. Dans les semaines qui suivirent, Jean et Monique se virent en secret, échangeant des regards complices et des promesses d'amour éternel. Mais les murmures de la société résonnaient déjà dans leurs oreilles, rappelant à Jean son engagement envers Jeannette et les conséquences désastreuses d'une rupture.

Malgré ses doutes et ses tourments intérieurs, Jean ne pouvait réprimer les sentiments brûlants qu'il éprouvait pour Monique. Chaque moment passé à ses côtés était comme une bouffée d'air frais dans un monde étouffant de conventions et de faux-semblants. Mais le poids de ses responsabilités pesait lourdement sur ses épaules, menaçant de briser le lien fragile qui les unissait.

Pendant ce temps, Jeannette, dans l'ombre de l'ignorance, préparait les festivités de leur mariage imminent, inconsciente du tumulte qui agitait le cœur de son fiancé. Les semaines passèrent dans une danse étrange entre l'obligation et le désir, jusqu'à ce que le jour fatidique du mariage arrive enfin.

Jean se tenait devant l'autel, le cœur lourd de regrets et de remords, tandis que Jeannette avançait vers lui, parée de ses plus beaux atours. Mais alors que leurs mains allaient se joindre pour sceller leur destinée, un éclair de vérité traversa l'esprit de Jean, illuminant la voie vers la liberté et l'amour véritable.

Dans un geste audacieux et impétueux, Jean brisa les chaînes qui le liaient à Jeannette et s'enfuit vers l'avenir incertain qui l'attendait avec Monique. Leurs cœurs battaient à l'unisson alors qu'ils s'échappaient dans la nuit, laissant derrière eux les murmures scandalisés et les promesses brisées.

Et c'est ainsi que la rencontre de mes parents, Jean et Monique, fut le point de départ d'une histoire d'amour aussi belle que tumultueuse, marquée par les défis et les sacrifices, mais aussi par la force indomptable de leur passion. Une histoire qui allait façonner le destin de leur descendance pour les années à venir.

Après leur fuite audacieuse, Jean et Monique se retrouvèrent dans un monde où les possibilités semblaient infinies mais les défis nombreux. Ils se réfugièrent dans un petit village reculé, loin des regards scrutateurs et des jugements de la société.Là, ils bâtirent leur propre nid d'amour, tissant des rêves d'avenir et de bonheur à deux. Malgré les difficultés financières et les regards désapprobateurs de certains villageois, leur amour demeurait inébranlable, nourri par la conviction que leur destin était entre leurs mains.

Quelques années plus tard, en 1990, Jean et Monique décidèrent de franchir une nouvelle étape dans leur relation en scellant leur amour par les liens sacrés du mariage.

Chapitre 2: Mariage et leur premier enfant André

Après des années de romance passionnée et de défis surmontés, Jean et Monique décidèrent de consolider leur amour par les liens du mariage. Malgré les regards désapprobateurs et les défis auxquels ils avaient été confrontés, leur détermination à rester ensemble était plus forte que jamais.

Le jour de leur mariage, le village tout entier semblait être en ébullition, tandis que la famille et les amis se rassemblaient pour célébrer l'union de Jean et Monique. La cérémonie, simple mais empreinte de significations profondes, reflétait l'amour sincère et la connexion indéniable entre les deux âmes qui s'unissaient pour former une seule entité.

Entourés de leurs proches, Jean et Monique échangèrent leurs vœux d'amour éternel, promettant de rester ensemble dans les bons moments comme dans les mauvais. Les chants traditionnels et les danses rythmées résonnaient dans l'air, ajoutant une touche de féerie à l'atmosphère déjà chargée d'émotion.

Peu de temps après leur mariage, Monique tomba enceinte, annonçant ainsi l'arrivée imminente de leur premier enfant. Les mois qui suivirent furent remplis d'attente joyeuse et d'anticipation fiévreuse, alors que Jean et Monique se préparaient à devenir parents pour la première fois.

Enfin, le jour tant attendu arriva, et André vint au monde dans une explosion de bonheur et de gratitude. Ses premiers cris remplirent la chambre d'hôpital de vie et d'espoir, tandis que Jean et Monique le regardaient avec un amour indescriptible dans les yeux.

Les premières semaines avec André furent à la fois épuisantes et exaltantes, alors que Jean et Monique découvraient les joies et les défis de la parentalité. Ils veillaient sur leur fils avec dévouement et affection, déterminés à lui offrir tout l'amour et le soutien dont il avait besoin pour s'épanouir.

Malgré les difficultés de la vie quotidienne, le lien entre Jean, Monique et André ne faisait que se renforcer, tissant les fondations d'une famille unie et aimante. Leur amour pour leur fils était une force motrice qui les guidait à travers les hauts et les bas de la vie, leur offrant un sentiment de bonheur et de plénitude qu'ils n'avaient jamais connu auparavant.

Chapitre 3: Ma naissance

Mon père me l'avait narrée.

La nuit était sombre et étoilée lorsque le moment tant attendu arriva. Monique ressentit les premières contractions de travail, signe que mon arrivée imminente se préparait. Jean, plein d'excitation et d'anxiété mêlées, rassembla rapidement les affaires nécessaires, et ensemble, ils se dirigèrent vers la maternité de Zè, prêts à accueillir leur nouveau-né avec amour et anticipation.

Le trajet jusqu'à la maternité fut long et semé d'embûches. Les routes cahoteuses et non pavées rendaient le voyage difficile, et chaque secousse semblait augmenter l'intensité des contractions de Monique. Malgré la douleur et l'inconfort, elle restait calme et résolue, concentrée sur le miracle de la vie qui était sur le point de se produire.

Enfin, après des heures de route éprouvantes, ils arrivèrent à la maternité, accueillis par le personnel médical attentif et bienveillant. Monique fut rapidement prise en charge, tandis que Jean attendait avec impatience dans la salle d'attente, priant pour que tout se passe bien.

À l'intérieur de la salle d'accouchement, Monique lutta courageusement contre la douleur, trouvant du réconfort dans la pensée de rencontrer enfin son bébé. Les cris et les pleurs remplissaient l'air alors que le travail progressait, annonçant l'arrivée imminente du nouveau-né.

Et puis, enfin, le moment tant attendu arriva. Dans un dernier effort de détermination, Monique poussa avec force, et soudain, mon premier cri résonna dans la salle, marquant mon entrée dans le monde avec éclat et vigueur.

Les larmes de joie inondèrent les yeux de Monique alors qu'elle tenait son bébé tout chaud dans ses bras, émerveillée par sa beauté et sa perfection. Jean, quant à lui, fut submergé d'émotion en voyant sa femme et son nouveau-né en bonne santé, réalisant pleinement le miracle de la vie qui venait de se produire devant ses yeux.

Ma naissance fut un moment de bonheur et de gratitude, un témoignage de l'amour inconditionnel qui unissait ma famille. J'étais le symbole vivant de leur amour, une source de lumière et de joie dans leurs vies déjà bien remplies.

Après la naissance, je fus emmené dans notre chambre d'hôpital, où j'étais entouré de l'amour et des soins attentifs de mes parents. Les premiers jours furent remplis de moments précieux de lien et de découverte, alors que j'apprenais à connaître mes parents et qu'ils apprenaient à me connaître, créant ainsi des liens indestructibles qui dureraient toute une vie.

Ma naissance a été le début d'une nouvelle aventure pour ma famille, marquée par l'amour, la joie et le bonheur partagé. C'était le début de mon voyage ensemble, un voyage rempli de découvertes et d'expériences qui me lieraient pour toujours en tant que membre de la famille.

Chapitre 4: Naissance de mes frères Odilon et Josué

Après mon arrivée dans ce monde, la vie de ma famille était remplie de bonheur et de joie. Mais notre bonheur, ma famille et moi, fut encore amplifié par l'annonce de la grossesse de ma mère Monique. La nouvelle de l'arrivée prochaine de nouveaux membres dans notre famille nous remplit tous d'anticipation et d'excitation.

Les mois passèrent rapidement, et bientôt, le moment tant attendu arriva. Ma mère Monique ressentit les premières contractions, signe que l'arrivée de mes frères jumeaux Odilon et Josué était imminente. Mon père Jean et moi-même étions à ses côtés, prêts à accueillir nos nouveaux membres de famille avec amour et joie.

Le trajet jusqu'à la maternité fut empreint d'émotion et d'anticipation. Les routes cahoteuses semblaient interminables, mais notre impatience de rencontrer les nouveaux membres de notre famille nous tenait en haleine. Chaque secousse de la route semblait accélérer le rythme cardiaque de ma mère, et nous étions tous impatients d'arriver à destination.

Enfin, nous atteignîmes la maternité, où ma mère fut rapidement prise en charge par le personnel médical compétent. Dans la salle d'accouchement, les cris et les pleurs remplissaient l'air alors que ma mère luttais courageusement contre la douleur des contractions, guidée par l'excitation de rencontrer ses nouveaux bébés.

Et puis, enfin, le moment tant attendu arriva. Dans un dernier effort, ma mère poussa avec force, et soudain, les pleurs de deux bébés remplirent la salle d'accouchement, annonçant l'arrivée de mes frères jumeaux Odilon et Josué dans ce monde.

Les larmes de joie inondèrent les yeux de ma mère alors qu'elle tenait ses deux précieux bébés dans ses bras, émerveillée par leur beauté et leur perfection. Mon père était rempli d'une fierté immense en les regardant, réalisant pleinement la bénédiction d'avoir une famille aussi merveilleuse.

Le retour à la maison avec les jumeaux fut rempli de joie et de bonheur. Notre famille était maintenant complète, et nous étions tous impatients de commencer cette nouvelle aventure ensemble. Les premiers jours furent remplis de moments précieux de lien et de découverte, alors que nous apprenions tous à connaître nos nouveaux membres de famille et que nous créions des liens indestructibles qui dureraient toute une vie.

Malheureusement, notre bonheur fut de courte durée. Quelques mois seulement après leur naissance, Odilon tomba gravement malade. Mes parents, désemparés, l'emmenèrent dans les centres de santé les plus proches, dans l'espoir de trouver un remède à sa maladie rare.

Malgré tous leurs efforts et leur amour inconditionnel, Odilon perdit finalement son combat contre la maladie, laissant un vide immense dans nos cœurs et dans notre famille. Sa mort fut un coup dur pour nous tous, et nous l'avons pleuré avec une tristesse profonde et insondable.

La perte d'Odilon fut une épreuve difficile à surmonter pour notre famille, mais nous étions déterminés à rester forts pour Josué et pour nous-mêmes. Nous nous sommes serrés les coudes dans notre chagrin, trouvant du réconfort dans notre amour mutuel et dans les souvenirs précieux que nous avons partagés avec Odilon.

Chapitre 5: La mort subite d'Odilon

La mort subite d'Odilon a laissé un vide douloureux et irréparable dans nos vies. Après avoir lutté courageusement contre une maladie rare, son décès soudain a plongé notre famille dans un abîme de chagrin et de désespoir. Les jours qui ont suivi sa disparition ont été empreints d'une tristesse profonde et insondable, alors que nous cherchions à comprendre et à accepter la perte dévastatrice que nous avions subie.

La nouvelle de sa mort s'est répandue comme une onde de choc à travers notre communauté, suscitant des expressions de sympathie et de soutien de la part de voisins, d'amis et de proches. Mais malgré les paroles réconfortantes et les gestes de compassion, rien ne pouvait apaiser la douleur lancinante qui nous habitait.

Les jours qui ont précédé les funérailles d'Odilon ont été empreints de préparatifs et de rituels traditionnels, alors que notre famille et nos proches se rassemblaient pour lui rendre un dernier hommage. La maison était remplie de pleurs et de lamentations, alors que nous nous efforcions de nous souvenir des moments heureux que nous ayons partagés avec lui, tout en luttant pour faire face à la réalité cruelle de sa perte.

Le jour des funérailles, le village tout entier semblait être en deuil, alors que les gens se rassemblaient pour rendre hommage à la vie d'Odilon. La cérémonie, empreinte de tristesse et de solennité, était un témoignage poignant de l'impact profond qu'il avait eu sur ceux qui l'avaient connu et aimé.

Nous avons accompagné le corps d'Odilon jusqu'à sa dernière demeure, priant pour que son âme repose en paix et trouvant du réconfort dans le fait de savoir qu'il serait toujours avec nous dans nos cœurs et nos souvenirs. Les larmes ont coulé librement alors que nous avons dit au revoir à notre cher Odilon, mais même dans notre chagrin le plus profond, nous avons trouvé la force de continuer à honorer sa mémoire et à célébrer la vie qu'il avait vécue.

La mort d'Odilon a laissé un vide béant dans nos vies, mais elle nous a également rappelé l'importance de chérir chaque moment et chaque personne précieuse que nous avons dans nos vies. Nous avons appris à apprécier la valeur de chaque instant et à nous accrocher à l'amour et au soutien de notre famille et de nos proches pour nous aider à traverser les moments les plus sombres.

Et même si la douleur de sa perte ne disparaîtra jamais tout à fait, nous trouvons du réconfort dans le fait de savoir qu'Odilon vit à travers nous, dans nos souvenirs et dans les valeurs qu'il nous a inculquées. Nous continuerons à honorer sa mémoire en vivant nos vies avec amour, compassion et détermination, sachant qu'il veille sur nous de là-haut, éclairant notre chemin dans l'obscurité.

Chapitre 6: La mort de ma mère Monique

Ma mère Monique, une femme forte et aimante, avait 28 ans lorsque la tragédie frappa notre famille de plein fouet. Après la perte dévastatrice de mon frère Odilon, elle lutta courageusement contre le chagrin et la douleur, cherchant à rester forte pour le reste de la famille. Mais malheureusement, le destin avait d'autres plans pour elle, et bientôt, elle serait confrontée à son propre combat pour la survie.

Les semaines qui ont suivi la mort d'Odilon furent sombres et empreintes de tristesse alors que nous nous efforcions de trouver un sens à notre perte et de surmonter notre chagrin. Ma mère, en particulier, semblait porter le poids du monde sur ses épaules, luttant pour faire face à la perte de son fils bien-aimé tout en continuant à prendre soin du reste de la famille.

Pendant cette période difficile, ma mère commença à recevoir des menaces de la part de certains individus de la communauté, qui semblaient blâmer notre famille pour la mort tragique d'Odilon. Ces menaces, bien que vagues au début, devinrent de plus en plus sinistres au fil du temps, semant la peur et l'anxiété parmi nous.

Malgré ses propres luttes intérieures, ma mère restait dévouée à sa famille, cherchant à protéger ses enfants et à leur offrir un avenir meilleur. Elle redoubla d'efforts pour assurer notre bien-être, mettant de côté ses propres peurs et ses propres souffrances pour être présente pour nous dans nos moments de besoin.

Cependant, la pression et le stress accumulés commencèrent à peser lourdement sur ma mère, sapant peu à peu sa santé et son bien-être. Elle commença à montrer des signes de fatigue et de faiblesse, et bientôt, il devint évident qu'elle avait besoin d'une aide médicale urgente.

Ma mère fut emmenée dans un centre de santé local, où les médecins l'examinèrent et diagnostiquèrent une maladie grave qui avait été exacerbée par le stress et la tension émotionnelle des semaines précédentes. Malgré tous leurs efforts pour la soigner, sa condition continua à se détériorer, et bientôt, il devint évident qu'elle était dans un état critique.

Les jours qui ont suivi furent remplis d'une angoisse et d'une incertitude insoutenables alors que nous restions à son chevet, priant pour un miracle qui ne semblait jamais venir. Ma mère, autrefois si forte et résiliente, semblait de plus en plus fragile et vulnérable, et la perspective de la perdre était trop difficile à supporter.

Finalement, après une lutte acharnée pour sa vie, ma mère s'éteignit paisiblement, entourée de l'amour et des prières de sa famille. Sa mort fut un coup dévastateur pour nous tous, laissant un vide immense dans nos vies et dans nos cœurs. Nous avons pleuré sa perte avec une tristesse indescriptible, incapable de comprendre comment nous pourrions continuer sans elle à nos côtés.

Les funérailles de ma mère furent un événement solennel et émouvant, alors que la communauté se rassemblait pour rendre hommage à sa vie et à son héritage. Les larmes coulaient librement alors que nous disions au revoir à notre mère bien-aimée, sachant que nous ne l'oublierions jamais et que son esprit vivrait éternellement dans nos souvenirs et nos cœurs.

La mort de ma mère marqua la fin d'une époque pour notre famille, mais aussi le début d'une nouvelle réalité dans laquelle nous devions apprendre à vivre sans elle. Son absence laissa un vide profond dans nos vies, mais elle nous laissa aussi un héritage de force, de courage et d'amour qui continuera à nous guider dans les jours à venir.

Chapitre 7: La mort de Josué

La mort de ma mère Monique avait laissé un vide immense dans nos vies, mais peu de temps après, notre famille allait être confrontée à une autre tragédie dévastatrice. Josué, mon petit frère âgé de seulement cinq mois, tomba gravement malade en raison du manque de lait maternel. La perte de ma mère avait perturbé l'équilibre fragile de notre foyer, et son absence se faisait cruellement sentir alors que nous tentions de surmonter cette nouvelle épreuve.

La maladie de Josué survint de manière soudaine et brutale, prenant toute la famille par surprise. Malgré nos efforts désespérés pour le soigner, sa santé continua à se détériorer rapidement, et bientôt, il devint évident qu'il était dans un état critique. Nous avons couru à la recherche d'aide médicale, mais dans notre village reculé, les ressources étaient limitées et l'accès aux soins de santé adéquats était difficile.

Les jours qui ont suivi furent empreints d'une angoisse insoutenable alors que nous restions à son chevet, priant pour un miracle qui ne semblait jamais venir. Mon père, déjà accablé par la perte de ma mère, était complètement dévasté par la perspective de perdre un autre être cher. Il était déterminé à tout faire pour sauver Josué, mais ses efforts semblaient vains face à la cruauté implacable de la maladie.

Malgré tous nos efforts désespérés, Josué succomba à sa maladie, laissant derrière lui un vide béant dans nos vies et dans nos cœurs. Sa mort fut un coup dévastateur pour nous tous, et nous avons pleuré sa perte avec une tristesse indescriptible, incapable de comprendre comment nous pourrions continuer sans lui à nos côtés.

Les funérailles de Josué furent un événement solennel et émouvant, alors que la communauté se rassemblait une fois de plus pour rendre hommage à la vie d'un être cher. Les larmes coulaient librement alors que nous disions au revoir à notre petit ange, sachant que son esprit vivrait éternellement dans nos souvenirs et nos cœurs.

La mort de Josué a laissé un vide immense dans nos vies, et ses conséquences se sont fait sentir dans tous les aspects de notre quotidien. Mon père, déjà accablé par la perte de ma mère, semblait être tombé dans un abîme de chagrin et de désespoir après la mort de Josué. Il était inconsolable, perdant tout intérêt pour la vie et négligeant même son propre bien-être.

Sans ma mère pour nous guider et nous soutenir, notre famille semblait être en proie au chaos et à la désolation. Les tâches ménagères étaient négligées, les repas étaient préparés de manière sporadique, et l'atmosphère à la maison était lourde de tristesse et de désespoir. Nous étions tous déchirés par le chagrin, incapables de trouver un moyen de surmonter notre douleur et de retrouver un semblant de normalité.

La mort de Josué a également eu un impact profond sur ma propre santé mentale et émotionnelle. En tant que membre le plus jeune de la famille, sa perte m'a touché de manière particulièrement profonde, et j'ai lutté pour faire face à la réalité déchirante de sa mort. Les nuits étaient remplies de cauchemars et les journées étaient enveloppées d'une tristesse étouffante, alors que je luttais pour trouver un sens à notre perte et un moyen de continuer à avancer.

Malgré la douleur écrasante de nos pertes, nous avons trouvé du réconfort dans l'amour et le soutien mutuels de notre famille élargie et de notre communauté. Les voisins et les amis se sont rassemblés autour de nous, nous offrant leur aide et leur soutien dans nos moments de besoin les plus sombres. Leurs paroles réconfortantes et leur présence aimante ont été une source de force et de réconfort alors que nous tentions de naviguer à travers le tourbillon émotionnel de notre chagrin.

La mort de Josué a laissé une marque indélébile sur nos vies, mais elle nous a également rappelé la fragilité de la vie et l'importance de chérir chaque moment précieux que nous avons avec nos proches. Nous avons appris à apprécier la valeur de chaque instant et à ne jamais prendre pour acquis les personnes que nous aimons, sachant que la vie peut être fragile et imprévisible.

La mort a laissé un vide immense dans nos vies, mais elle nous a également enseigné des leçons précieuses sur l'amour, la compassion et la force de la famille. Bien que notre douleur puisse être profonde et notre chagrin écrasant, nous trouvons du réconfort dans le fait de savoir que Josué vit à travers nous, dans nos souvenirs et nos cœurs, pour toujours et à jamais.

Chapitre 8: Internat Saint-Pierre de Sinwé

Après les tragédies dévastatrices de la perte de ma mère Monique et de mon frère Josué, notre famille semblait être plongée dans un abîme de chagrin et de désespoir. Mon père, déjà accablé par la douleur de ces pertes, se retrouva confronté à la tâche écrasante de prendre soin de nous, ses enfants, tout en luttant pour faire face à son propre chagrin. Dans ce climat de deuil et de détresse, la décision fut prise de m'envoyer à l'internat Saint-Pierre de Sinwé, dans l'espoir que cela me fournirait un environnement stable et propice à mon éducation et à mon développement.

L'idée de partir pour l'internat était à la fois excitante et terrifiante. D'une part, j'étais curieux de découvrir un nouvel endroit et de rencontrer de nouvelles personnes. D'autre part, j'étais angoissé à l'idée de quitter ma famille dans un moment aussi difficile et de me retrouver seul dans un environnement inconnu. Cependant, ma famille était convaincue que c'était la meilleure option pour moi dans les circonstances actuelles, et j'ai accepté avec résignation la décision qui avait été prise.

Le jour de mon départ pour l'internat, l'atmosphère à la maison était chargée d'émotion alors que nous faisions nos adieux. Les larmes coulaient librement alors que je disais au revoir à mon père et à mes frères et sœurs, sachant que je ne les reverrais pas avant un certain temps. C'était un moment déchirant, mais je savais que c'était la bonne décision pour moi et pour ma famille.

Le trajet jusqu'à l'internat était long et silencieux, alors que je réfléchissais sur les événements récents qui avaient bouleversé ma vie. Les souvenirs de ma mère et de Josué étaient encore frais dans mon esprit, et leur absence pesait lourdement sur mon cœur. Cependant, je m'efforçais de rester fort et résolu, déterminé à faire de mon mieux dans cette nouvelle étape de ma vie.

Enfin, nous sommes arrivés à l'internat Saint-Pierre de Sinwé, un imposant bâtiment situé au cœur d'une campagne verdoyante. À première vue, l'endroit semblait imposant et intimidant, mais je savais que c'était là que je passerais les prochaines années de ma vie, et j'étais déterminé à en tirer le meilleur parti.

Les premiers jours à l'internat furent difficiles alors que je m'habitais à ma nouvelle vie. Tout était différent, depuis la nourriture jusqu'à la routine quotidienne, et il me fallut du temps pour m'adapter à ces changements. Mais petit à petit, je commençais à trouver ma place dans cet environnement inconnu, me liant d'amitié avec mes camarades de classe et m'immergeant dans mes études avec détermination.

L'internat Saint-Pierre de Sinwé était un endroit exigeant, avec un programme académique rigoureux et des règles strictes à suivre. Mais malgré les défis, j'ai réussi à m'épanouir dans cet environnement stimulant, trouvant du réconfort et du soutien auprès de mes enseignants et de mes camarades de classe. Je me suis investi pleinement dans mes études, cherchant à honorer la mémoire de ma mère et de Josué en atteignant mes objectifs académiques.

Les années ont passé rapidement à l'internat, marquées par des hauts et des bas, des succès et des échecs, mais aussi par une croissance personnelle et intellectuelle significative. J'ai appris à être indépendant et résilient, à surmonter les obstacles avec détermination et à tirer des leçons de mes expériences, qu'elles soient bonnes ou mauvaises.

Bien que ma famille me manquât toujours profondément, j'ai trouvé du réconfort dans le soutien et l'amitié de mes camarades de classe, ainsi que dans le sentiment de fierté et d'accomplissement que j'ai ressenti en travaillant dur pour atteindre mes objectifs. L'internat Saint-Pierre de Sinwé était devenu ma deuxième maison, un lieu où j'avais grandi et évolué en tant que personne, et j'étais reconnaissant pour les expériences précieuses que j'avais vécues là-bas.

C'était un moment de transition et de changement, mais aussi un moment de croissance et de découverte. Alors que je me préparais à tourner la page sur ce chapitre de ma vie, je savais que les souvenirs et les leçons que j'avais acquis à l'internat resteraient avec moi pour toujours, me guidant dans les défis à venir et me rappelant d'où je venais.

Chapitre 9: Le rendement à l'école

Les années à l'internat Saint-Pierre de Sinwé s'écoulaient lentement, marquées par une routine studieuse et des moments de camaraderie avec mes pairs. Malgré le poids du chagrin et de la perte qui continuait à peser sur mon cœur, j'ai trouvé du réconfort dans mes études et dans les liens que j'ai tissés avec mes camarades de classe.

Au fil des ans, j'ai travaillé dur pour exceller dans mes études, mettant tout mon cœur et mon esprit dans chaque cours et chaque projet. Les enseignants de l'internat reconnaissaient mon dévouement et mes efforts, et j'ai été récompensé par des résultats académiques remarquables qui ont renforcé ma confiance en moi et m'ont ouvert de nouvelles opportunités.

Ma passion pour l'apprentissage ne connaissait pas de limites, et j'ai exploré une variété de sujets et de disciplines, de la littérature à la science en passant par les langues étrangères. Chaque nouvelle découverte était une source d'inspiration et d'émerveillement pour moi, et j'ai savouré chaque moment passé à élargir mes horizons intellectuels et à cultiver ma curiosité naturelle.

En dehors des salles de classe, j'ai également participé à une multitude d'activités parascolaires, trouvant des moyens de m'exprimer et de m'épanouir au-delà du domaine académique. J'ai rejoint des clubs et des organisations étudiantes, où j'ai développé mes compétences en leadership et en collaboration, et j'ai participé à des événements culturels et artistiques qui ont enrichi mon expérience globale à l'internat.

Malgré les défis et les obstacles auxquels j'ai été confronté en cours de route, j'ai persévéré avec détermination, trouvant du réconfort dans mes réalisations et dans le soutien inébranlable de mes amis et de ma famille. Chaque succès était une victoire personnelle, un témoignage de ma résilience et de ma volonté de réussir malgré les circonstances difficiles qui m'entouraient.

Les années à l'internat ont également été marquées par des moments de joie et d'amitié, alors que je créais des liens durables avec mes camarades de classe et que je partageais des souvenirs précieux avec eux. Nous avons ri ensemble, pleuré ensemble et grandi ensemble, formant des liens qui perdureraient bien au-delà de notre temps à l'internat.

Mais malgré tous mes succès et mes réalisations, il y avait toujours un vide dans mon cœur, un sentiment de perte qui ne disparaissait jamais complètement. La mort de ma mère Monique et de mon frère Josué pesait lourdement sur moi, et même dans mes moments de triomphe, je ne pouvais m'empêcher de penser à ce qui aurait pu être et à ceux qui me manquaient le plus.

Cependant, j'ai trouvé du réconfort dans le fait de savoir que ma mère et mon frère étaient toujours avec moi, dans mes souvenirs et dans mon cœur. Leur amour et leur soutien inconditionnels m'ont guidé à travers les moments sombres et incertains, me rappelant toujours d'où je viens et me motivant à poursuivre mes rêves avec détermination et courage.

C'était une période de croissance, de découverte et de réalisations, mais aussi une période de deuil et de chagrin. Alors que je me préparais à franchir de nouveaux horizons, je savais que les leçons et les souvenirs que j'avais acquis à l'internat resteraient avec moi pour toujours, me guidant dans les défis à venir et m'aidant à tracer mon chemin dans le monde.

Chapitre 10: Ma puberté et mon premier amour, Lucresse

Alors que les années passaient à l'internat Saint-Pierre de Sinwé, je traversais la période tumultueuse de l'adolescence, marquée par des changements physiques, émotionnels et sociaux significatifs. C'était une période de découvertes et d'explorations, où je commençais à me forger une identité propre et à naviguer dans le monde complexe des relations humaines.

C'est pendant cette période que j'ai rencontré Lucresse, une camarade de classe qui allait changer ma vie de manière inattendue. Lucresse était une jeune fille belle et intelligente, avec des yeux étincelants et un sourire éclatant qui illuminait la pièce chaque fois qu'elle entrait. Dès le moment où nos regards se sont croisés, j'ai su qu'il se passait quelque chose de spécial entre nous.

Au début, notre relation était timide et hésitante, marquée par des échanges maladroits et des gestes timides. Nous nous parlions à peine, préférant nous observer de loin plutôt que de nous engager dans une conversation. Mais à mesure que le temps passait et que nous nous familiarisions l'un avec l'autre, notre lien s'est renforcé, et bientôt, nous sommes devenus inséparables.

Lucresse et moi avons partagé des moments précieux ensemble, discutant de tout et de rien, riant de nos blagues idiotes et nous confiant nos espoirs et nos rêves les plus profonds. Elle était ma confidente, mon amie et, peu à peu, mon premier amour. Chaque moment passé à ses côtés était une aventure, une découverte de soi et de l'autre, et je me sentais plus vivant et plus heureux que jamais.

Mais notre idylle naissante n'était pas sans son lot de défis et d'obstacles. En tant qu'élèves de l'internat, nos interactions étaient limitées par les règles strictes et les horaires chargés, et nous devions souvent nous contenter de moments volés dans les couloirs ou les salles de classe. De plus, mes responsabilités académiques et mes engagements extra-scolaires ne me laissaient que peu de temps libre, ce qui rendait difficile le maintien d'une relation significative avec Lucresse.

Malgré ces difficultés, notre amour continuait à grandir et à s'épanouir, alimenté par la force de nos sentiments l'un pour l'autre et par notre détermination à surmonter tous les obstacles sur notre chemin. Nous avons promis de rester ensemble, quoi qu'il arrive, et de lutter pour notre bonheur contre vents et marées.

Cependant, notre relation fut mise à l'épreuve lorsque je me retrouvai confronté à un choix déchirant: celui de poursuivre mes études au Séminaire Saint Joseph du Lac. C'était une opportunité qui s'offrait à moi, une chance de poursuivre ma vocation religieuse et de servir ma communauté de manière plus significative. Mais cela signifiait aussi devoir quitter Lucresse, devoir dire au revoir à l'amour de ma vie et à tout ce que nous avions construit ensemble.

La décision fut difficile à prendre, mais au final, je choisis de suivre ma vocation et de poursuivre mes études au Séminaire Saint Joseph du Lac. C'était un choix motivé par la conviction et la foi, mais cela ne signifiait pas pour autant que ce n'était pas douloureux. Dire au revoir à Lucresse fut l'une des choses les plus difficiles que j'ai eu à faire, mais je savais que c'était la bonne décision pour moi et pour mon avenir.

Chapitre 11: Test d'entrée au Séminaire Saint Joseph du Lac

Le test d'entrée au Séminaire Saint Joseph du Lac représentait une étape cruciale dans ma vie, une décision qui allait façonner mon avenir et déterminer ma voie dans le service religieux. C'était une opportunité que j'avais longtemps désirée, une chance de poursuivre ma vocation et de me consacrer entièrement à ma foi et au service de Dieu.

Le jour du test d'entrée arriva plus rapidement que je ne l'avais anticipé, et j'étais à la fois excité et nerveux à l'idée de ce qui m'attendait. Je me préparai avec diligence, révisant mes études et priant pour que Dieu me guide et me donne la force de réussir dans cette entreprise.

Le test lui-même était exigeant, mettant à l'épreuve mes connaissances théologiques, ma compréhension de la doctrine catholique et ma capacité à réfléchir de manière critique sur les questions de foi et de spiritualité. Les questions étaient complexes et exigeantes, et j'ai dû puiser dans toutes mes ressources intellectuelles pour y répondre avec précision et clarté.

Malgré la pression et le stress, je restai concentré et déterminé, sachant que c'était une opportunité que je ne pouvais pas me permettre de laisser passer. Je priai sans relâche pour la force et la sagesse, demandant à Dieu de me guider à travers les épreuves et de m'offrir la grâce de réussir dans mes efforts.

Enfin, le test prit fin, et j'attendis avec appréhension les résultats qui détermineraient mon admission au Séminaire Saint Joseph du Lac. Les jours qui suivirent furent empreints d'une anxiété palpable, alors que j'attendais avec impatience de connaître le verdict de mes efforts.

Enfin, la lettre d'admission arriva, apportant avec elle un soulagement immense et une joie indescriptible. J'avais réussi le test d'entrée au Séminaire Saint Joseph du Lac, une réalisation qui représentait bien plus qu'une simple réussite académique, mais plutôt une confirmation de ma vocation et de ma mission dans la vie.

La nouvelle de mon admission fut accueillie avec une grande fierté et un soutien inconditionnel de la part de ma famille et de mes amis. Ils étaient fiers de moi et de mes réalisations, et ils m'encouragèrent à poursuivre avec détermination dans la voie que j'avais choisie.

Cependant, cette décision ne fut pas sans conséquences sur ma vie personnelle. Mon premier amour, Lucresse, avait du mal à accepter ma décision de partir pour le séminaire. Elle comprenait l'importance de ma vocation, mais elle ne pouvait s'empêcher de ressentir une profonde tristesse à l'idée de me voir partir. Nos adieux furent empreints de larmes et de chagrin, mais nous nous sommes promis de rester en contact et de nous soutenir mutuellement dans nos chemins respectifs.

C'était une période de défis et de triomphes, de sacrifices et de réalisations, qui a façonné ma vie de manière profonde et significative. Alors que je me préparais à franchir de nouveaux horizons au séminaire, je savais que je portais avec moi les leçons et les souvenirs de mon passé, me guidant dans les défis à venir et m'inspirant à poursuivre ma mission avec foi et dévouement.

Chapitre 12: Mon premier amour me lâcha

L'admission au Séminaire Saint Joseph du Lac représentait un tournant majeur dans ma vie, mais avec elle vint aussi le défi de concilier ma vocation religieuse avec mes relations personnelles, en particulier avec Lucresse, mon premier amour.

Alors que je m'immergeais dans la vie au séminaire, je sentais un fossé grandissant entre moi et Lucresse. Nos conversations étaient devenues moins fréquentes, nos rencontres plus rares. Les exigences de ma formation et de ma nouvelle vie de séminariste me laissaient peu de temps libre, et je luttais pour maintenir une connexion significative avec Lucresse malgré la distance qui nous séparait.

Lucresse, de son côté, semblait également ressentir le poids de la séparation. Nos échanges étaient empreints de mélancolie et de tristesse, et il était évident que notre relation était mise à l'épreuve par les défis auxquels nous étions confrontés. Elle comprenait l'importance de ma vocation et me soutenait dans mes efforts, mais il était clair que notre amour était mis à l'épreuve par les circonstances qui nous entouraient.

Au fil du temps, nos communications se firent de plus en plus rares, nos conversations devenant de simples échanges de politesse et de formalités. La distance qui nous séparait semblait insurmontable, et je réalisais que notre relation était condamnée à se faner lentement, étouffée par les pressions et les obligations qui pesaient sur nous.

Finalement, le jour vint où Lucresse me fit part de sa décision de mettre un terme à notre relation. C'était un moment déchirant, empreint de tristesse et de désespoir alors que nous nous rendions compte que notre amour n'était pas assez fort pour surmonter les obstacles qui se dressaient sur notre chemin. Nous nous sommes séparés dans la douleur, chacun de nous emportant avec lui le souvenir des moments heureux que nous avions partagés, mais aussi le chagrin de ce qui aurait pu être.

La rupture avec Lucresse fut un coup dur pour moi, un rappel brutal des sacrifices et des compromis que je devrais faire en tant que séminariste. C'était un moment de deuil et de remise en question, alors que je me demandais si j'avais fait le bon choix en choisissant de poursuivre ma vocation religieuse au détriment de mon bonheur personnel.

Pourtant, malgré la douleur de la séparation, je savais au fond de moi que ma vocation était ma véritable passion, ma raison d'être. Je me suis accroché à ma foi et à ma détermination, puisant dans les enseignements de l'Église et dans la prière pour me guider à travers les moments sombres et incertains.

Chapitre 13: Parcours au Séminaire Saint Joseph

Mon entrée au Séminaire Saint Joseph du Lac marqua le début d'une nouvelle phase de ma vie, une période de formation intense et de croissance spirituelle qui allait façonner mon avenir en tant que prêtre.

Les premiers mois au séminaire furent empreints d'adaptation et d'ajustement alors que je m'habitais à ma nouvelle vie. Le rythme de vie était rigoureux, avec des journées remplies d'études, de prière et de travail communautaire. Chaque jour commençait tôt avec la prière matinale et se terminait tard avec les études nocturnes et les vêpres.

La formation au séminaire était complète, englobant à la fois des études théologiques approfondies, des pratiques liturgiques et des travaux pastoraux sur le terrain. J'ai étudié la Bible, la théologie morale, la liturgie et la spiritualité, acquérant une compréhension profonde des enseignements de l'Église et des pratiques pastorales.

Mais le séminaire n'était pas seulement un lieu d'étude académique, c'était aussi une communauté de foi où je trouvais du soutien, de l'amitié et des mentors spirituels. J'ai formé des liens solides avec mes camarades séminaristes, partageant nos joies et nos peines, nos doutes et nos espoirs, et grandissant ensemble dans notre foi et notre engagement envers le service de Dieu.

Cependant, pendant cette période, j'ai dû concilier mes études au séminaire avec la préparation aux examens du Brevet d'Études du Premier Cycle (BEPC). C'était un défi supplémentaire qui demandait une gestion efficace du temps et une concentration maximale. Les semaines précédant les examens furent particulièrement intenses, avec des journées passées à réviser les matières requises pour le BEPC tout en continuant à répondre aux exigences académiques du séminaire.

Malgré ces défis, j'ai persévéré avec détermination, sachant que la réussite au BEPC était importante non seulement pour mon propre avenir, mais aussi pour l'accomplissement de ma vocation au sein de l'Église. J'ai consacré de longues heures à l'étude, m'efforçant d'assimiler autant d'informations que possible dans les domaines de l'histoire, des mathématiques, des sciences et de la langue française, qui faisaient partie intégrante de l'examen.

Le jour des examens du BEPC arriva enfin, et j'étais prêt à faire de mon mieux. Les épreuves se déroulèrent sans heurts, et j'ai répondu aux questions avec confiance et assurance, mettant en pratique les connaissances que j'avais acquises au cours de mes études et de ma préparation aux examens. Malgré le stress et la pression, je parvins à rester concentré et calme, sachant que j'avais fait tout ce qui était en mon pouvoir pour réussir.

Après les examens, il y eut un sentiment de soulagement mêlé d'anticipation alors que j'attendais avec impatience les résultats. Les semaines qui suivirent furent empreintes d'attente anxieuse, alors que je scrutais chaque annonce de date de publication des résultats, priant pour que mes efforts soient récompensés par le succès.

Enfin, le jour tant attendu arriva, et j'appris avec une joie immense que j'avais réussi brillamment mes examens du BEPC. C'était un moment de grande fierté et d'accomplissement, une validation de mon travail acharné et de ma détermination à réussir malgré les obstacles qui se dressaient sur mon chemin.

La réussite au BEPC marqua un jalon important dans mon parcours au séminaire, me donnant une nouvelle confiance en moi et en mes capacités académiques. C'était une preuve que je pouvais réussir dans mes études tout en poursuivant ma vocation religieuse, et cela renforça ma détermination à continuer sur ma voie avec encore plus de dévouement et de diligence.

Chapitre 14 : Choix du célibat du prêtre et ma nouvelle conquête, Inès

Alors que je poursuivais mon cheminement au Séminaire Saint Joseph du Lac, je me retrouvais confronté à des dilemmes intérieurs et des questionnements profonds sur ma vocation et mon engagement envers l'Église. Les années passées au séminaire avaient renforcé ma foi et ma détermination, mais elles avaient également réveillé en moi des sentiments et des désirs contradictoires, notamment en ce qui concerne le célibat prêtre et les relations amoureuses.

Au fil du temps, j'avais développé des liens solides avec mes camarades séminaristes et avec les membres du clergé qui nous encadraient. J'avais trouvé du réconfort et du soutien dans cette communauté de foi, mais je me sentais parfois seul dans mes réflexions intérieures et mes luttes personnelles. Je me demandais si le célibat était vraiment la voie que je devais suivre, ou si je devais explorer d'autres possibilités pour trouver le bonheur et l'épanouissement dans ma vie personnelle.

C'est dans ce contexte de questionnements et d'incertitudes que je fis la rencontre d'Inès, une jeune femme brillante et charmante que je rencontrai lors d'une retraite spirituelle à Cotonou, à l'École Père Aupiais pendant les cours de vacances. Dès notre première rencontre, j'ai été captivé par sa beauté et sa grâce, mais c'était sa gentillesse et son intelligence qui m'attiraient le plus. Nous avons rapidement noué une amitié profonde, partageant nos expériences de foi, nos aspirations et nos rêves pour l'avenir.

Au fil du temps, notre amitié se transforma en quelque chose de plus profond, et je me surpris à ressentir des sentiments amoureux pour Inès. C'était une sensation nouvelle et troublante, un mélange d'excitation et d'appréhension alors que je me demandais ce que cela signifiait pour ma vocation religieuse et mon engagement envers l'Église.

D'un côté, je ressentais une profonde connexion spirituelle avec Inès, une compatibilité d'âme et de cœur qui me semblait être un don de Dieu. Je me demandais si c'était là sa volonté pour moi, si ma rencontre avec Inès était un signe que je devais explorer d'autres voies pour trouver le bonheur et l'épanouissement dans ma vie personnelle.

D'un autre côté, je me sentais déchiré par le sentiment de loyauté envers ma vocation religieuse et envers l'Église. Je me rappelais les serments que j'avais prononcés en entrant au séminaire, mon engagement envers le célibat et le service de Dieu, et je me demandais si je pouvais vraiment abandonner tout cela pour poursuivre une relation amoureuse avec Inès.

Ces pensées tourbillonnaient dans mon esprit alors que je luttais pour trouver un équilibre entre mes désirs personnels et mes obligations religieuses. Je priais sans relâche pour la sagesse et la guidance de Dieu, demandant des réponses à mes questions et la force de faire face à mes dilemmes intérieurs.

Pendant ce temps, ma relation avec Inès évoluait lentement mais sûrement. Nous partagions des moments précieux ensemble, des promenades au clair de lune aux discussions profondes sur la vie, la foi et l'amour. Inès comprenait ma vocation religieuse et me soutenait dans mes choix, mais elle exprimait aussi ses propres désirs et aspirations pour notre relation.

En fin de compte, je me retrouvais face à une décision difficile: celle de choisir entre mon engagement envers l'Église et ma relation avec Inès. C'était un choix déchirant, empreint de douleur et de sacrifice, mais c'était aussi une occasion de suivre mon cœur et de trouver la véritable voie vers le bonheur et l'épanouissement dans ma vie.

Chapitre 15 : Déception amoureuse

Après de longues délibérations et des luttes intérieures, j'ai pris la décision difficile de renoncer à ma relation avec Inès et de poursuivre ma vocation au sein de l'Église. C'était un choix déchirant, empreint de douleur et de sacrifice, mais c'était aussi une affirmation de ma foi et de mon engagement envers Dieu et son Église.

Je me suis assis avec Inès, le cœur lourd de chagrin, pour lui expliquer ma décision. Elle avait les larmes aux yeux, mais elle comprenait et respectait mon choix. Nous avons partagé un dernier baiser empreint de tristesse et de tendresse, avant de nous séparer, chacun de nous reprenant notre propre chemin dans la vie.

La rupture avec Inès fut une épreuve difficile à surmonter. Pendant des semaines, j'ai été tourmenté par le chagrin et le doute, me demandant si j'avais fait le bon choix en renonçant à notre relation. Je priais sans relâche pour la force et la sagesse de Dieu, cherchant la paix et le réconfort dans ma foi.

Pendant ce temps, je poursuivais ma formation au Séminaire Saint Joseph du Lac avec détermination et dévouement. Les jours passaient, rythmés par les prières, les études et les travaux pastoraux sur le terrain. J'ai trouvé du réconfort dans la routine et la camaraderie de la communauté séminariste, mais mon cœur restait lourd de chagrin pour ce qui aurait pu être avec Inès.

C'est dans ce contexte de lutte intérieure et de désir de trouver la paix et le réconfort que j'ai reçu la nouvelle de ma mutation au Séminaire Notre Dame de Fatima de Parakou pour poursuivre ma formation. C'était une occasion excitante mais aussi intimidante, un nouveau chapitre dans mon parcours de formation en tant que futur prêtre.

Le transfert au Séminaire Notre Dame de Fatima de Parakou représentait un changement majeur dans ma vie. Situé dans la ville animée de Parakou, au nord du Bénin, le séminaire offrait un environnement d'étude stimulant et une communauté séminariste diversifiée et dynamique.

Le voyage jusqu'à Parakou fut long et épuisant, mais à mesure que je m'approchais de la ville, j'étais rempli d'une excitation renouvelée et d'une détermination à poursuivre ma vocation avec encore plus de zèle et de dévouement. Je me sentais prêt à affronter les défis et les opportunités qui m'attendaient au Séminaire Notre Dame de Fatima.

Dès mon arrivée à Parakou, j'ai été accueilli chaleureusement par mes nouveaux camarades séminaristes et par les membres du clergé qui nous encadraient. J'ai été impressionné par la vitalité et la diversité de la communauté séminariste, composée de jeunes hommes venant de différentes régions du Bénin et d'ailleurs.

La vie au Séminaire Notre Dame de Fatima était intense et exigeante, avec des journées remplies d'études, de prière et de travail communautaire. J'ai été immergé dans un environnement d'apprentissage stimulant, où j'ai continué à approfondir mes connaissances théologiques et à développer mes compétences pastorales sous la guidance des membres du clergé.

Pendant ce temps, j'ai également eu l'occasion de découvrir la ville de Parakou et sa riche culture et histoire. J'ai exploré les marchés animés, les sites historiques et les lieux de culte locaux, m'imprégnant de l'atmosphère vibrante de la ville et de la chaleur de ses habitants.

Mais malgré toutes ces nouvelles expériences et opportunités, mon cœur restait marqué par la douleur de ma rupture avec Inès. Chaque jour, je pensais à elle, me demandant ce qu'elle devenait et si elle avait trouvé la paix et le bonheur dans sa vie. Mais je savais que notre chemin avait pris des directions différentes, et que je devais continuer à avancer sur le chemin que Dieu avait tracé pour moi.

C'était une période de transition et de transformation, de défis et de découvertes, qui a façonné ma vie de manière profonde et significative. Alors que je me préparais à affronter de nouveaux défis et à poursuivre ma vocation avec détermination et dévouement, je savais que les leçons et les expériences que j'avais acquises jusqu'à présent continueraient à me guider dans les épreuves à venir, me rappelant toujours la véritable nature de ma vocation et de mon engagement envers Dieu et son Église. Je savais que le chemin vers le sacerdoce était semé d'embûches et de sacrifices, mais je restais déterminé à suivre la voie que Dieu avait tracée pour moi, peu importe les défis qui se présentaient sur mon chemin.

Les mois passèrent au Séminaire Notre Dame de Fatima, remplis d'une intensité nouvelle et d'une passion renouvelée pour ma vocation. Je m'immergeais dans mes études théologiques, plongeant profondément dans les enseignements de l'Église et cherchant à approfondir ma compréhension de la foi catholique.

En parallèle de mes études, je m'engageais également activement dans la vie communautaire du séminaire, participant aux prières collectives, aux célébrations liturgiques et aux travaux pastoraux sur le terrain. J'étais déterminé à acquérir autant d'expérience pratique que possible, préparant ainsi mon cœur et mon esprit au service de Dieu et de son peuple.

Malgré mon engagement total envers ma vocation, il m'arrivait encore de ressentir des doutes et des incertitudes quant à mon choix de vie. La douleur de ma séparation avec Inès continuait de hanter mes pensées, et il m'arrivait souvent de me demander si j'avais fait le bon choix en renonçant à notre relation.

Pourtant, à chaque fois que ces doutes surgissaient, je me tournais vers la prière et vers la guidance de Dieu pour trouver la paix et la sérénité. Je priais pour avoir la force de persévérer dans ma vocation, pour trouver la clarté dans mes choix et pour être guidé sur le chemin de la vérité et de la lumière.

Pendant ce temps, la vie au séminaire continuait de suivre son cours, ponctuée par des moments de joie, de camaraderie et de croissance spirituelle. J'avais développé des amitiés solides avec mes camarades séminaristes, partageant avec eux des expériences de foi, des rires et des prières.

Au fil des mois, j'ai également eu l'occasion de rencontrer de nouveaux mentors spirituels et de recevoir des conseils précieux de la part des membres du clergé qui nous encadraient. Leurs paroles d'encouragement et de sagesse m'ont aidé à surmonter mes doutes et mes peurs, et m'ont donné la force de continuer à avancer sur le chemin de ma vocation.

Finalement, après des mois d'étude et de prière, je me suis senti prêt à franchir une nouvelle étape dans mon cheminement vers le sacerdoce. J'ai pris la décision de me présenter aux ordres mineurs, un engagement formel envers le service de Dieu et de son Église, marquant ainsi une étape importante dans ma formation en tant que futur prêtre.

Chapitre 16 : La mort de mon père et les épreuves

Alors que je poursuivais ma formation au Séminaire Notre Dame de Fatima de Parakou j'ai reçu la nouvelle dévastatrice du décès soudain de mon père. C'était un coup dur à ma vie, une perte qui m'a laissé anéanti et désemparé. La douleur de sa disparition était insupportable, et elle a marqué le début d'une période sombre et difficile pour moi.

Mon père avait été un modèle de foi et de dévouement pour moi, un homme qui avait toujours soutenu mes aspirations et mes rêves. Sa mort soudaine m'a laissé avec un vide immense dans le cœur, et je me suis retrouvé à lutter pour trouver un sens à ma vie sans lui.

Les jours qui ont suivi sa mort ont été remplis de douleur et de chagrin alors que je faisais face à la réalité de sa perte. J'ai prié sans relâche pour son âme et pour trouver la force de surmonter cette épreuve, mais la douleur de sa disparition était toujours présente, pesant lourdement sur moi.

Pendant ce temps, j'ai également dû faire face à une série de maladies et de problèmes de santé qui ont affaibli mon corps et mon esprit. J'ai été confronté à des épreuves médicales difficiles, subissant des traitements et des interventions chirurgicales pour traiter mes affections.

Ces épreuves de santé m'ont mis à rude épreuve, tant physiquement que mentalement, mais j'ai puisé ma force dans ma foi et dans le soutien de mes camarades séminaristes et des membres du clergé. Leurs prières et leurs encouragements m'ont aidé à traverser ces moments difficiles, me rappelant que je n'étais pas seul dans mes luttes.

Malgré les difficultés auxquelles j'ai été confronté, j'ai continué à poursuivre ma formation au séminaire avec détermination et dévouement. Je me suis accroché à ma vocation religieuse comme à une bouée de sauvetage dans la tempête, cherchant refuge et réconfort dans ma foi en Dieu et dans son plan pour ma vie.

Au fur et à mesure que je guérissais de mes blessures physiques, j'ai également commencé à guérir de mes blessures émotionnelles, trouvant la paix et la sérénité dans la prière et dans la communion avec Dieu. J'ai réalisé que la mort de mon père, bien que douloureuse, était aussi une occasion de croissance et de transformation, une invitation à approfondir ma foi et à renouveler mon engagement envers Dieu et son Église.

Pendant ce temps, la vie au séminaire continuait de suivre son cours, avec son lot de défis et d'opportunités pour ma croissance spirituelle. J'ai continué à étudier avec zèle, à participer activement à la vie communautaire du séminaire et à m'engager dans des travaux pastoraux sur le terrain, mettant en pratique les enseignements que j'avais reçus et les valeurs que j'avais apprises.

En dépit de toutes les épreuves auxquelles j'ai été confronté, j'ai continué à avancer avec foi et détermination, sachant que Dieu était avec moi à chaque étape du chemin. J'ai trouvé la force de surmonter mes épreuves grâce à ma foi en lui, et j'ai trouvé la paix dans sa présence aimante et réconfortante.

Chapitre 17 : La renaissance spirituelle

Après avoir surmonté les épreuves de la perte de mon père et les défis de ma propre santé, j'ai ressenti une renaissance spirituelle profonde. Cette période de ma vie a été marquée par un renouveau de ma foi et un approfondissement de ma relation avec Dieu.

Dans les moments les plus sombres de ma vie, j'ai trouvé refuge dans la prière et dans la méditation sur les Écritures. Je me suis tourné vers Dieu pour trouver la force et le réconfort dont j'avais besoin pour affronter les épreuves qui se dressaient sur mon chemin. J'ai découvert une paix intérieure profonde en confiant mes fardeaux à Dieu et en me soumettant à sa volonté.

Ce renouveau spirituel m'a donné une nouvelle perspective sur ma vie et sur ma vocation. J'ai réalisé que ma relation avec Dieu était la source ultime de ma force et de ma joie, et que rien ne pouvait ébranler ma foi en lui. J'ai ressenti un appel plus profond à servir Dieu et son Église, à consacrer ma vie à sa gloire et à son service.

Avec un cœur renouvelé et une foi ravivée, j'ai poursuivi ma formation au séminaire avec une détermination renouvelée. J'ai plongé plus profondément dans l'étude des Écritures et de la théologie, cherchant à approfondir ma compréhension de la foi chrétienne et à cultiver une relation plus intime avec Dieu.

Pendant ce temps, j'ai également trouvé du réconfort et du soutien dans la communauté séminariste. J'ai partagé mes expériences spirituelles avec mes camarades séminaristes, trouvant encouragement et inspiration dans nos échanges et nos prières communes. Ensemble, nous avons continué à grandir dans notre foi et à nous soutenir mutuellement dans notre cheminement spirituel.

Ce chapitre de ma vie a été une période de transformation et de croissance spirituelle. J'ai appris à faire confiance à Dieu dans les moments de difficulté et à me tourner vers lui pour trouver la force et la direction dont j'avais besoin. Je suis sorti de cette épreuve plus fort et plus résolu que jamais à suivre la voie que Dieu avait tracée pour moi.

Chapitre 18 : Sortie du Séminaire suite à une maladie

Alors que je me trouvais au terme de ma formation au grand séminaire, prêt à être ordonné prêtre et à servir l'Église, un événement inattendu est venu bouleverser mes plans. J'ai été frappé par une maladie soudaine et débilitante qui m'a contraint à interrompre ma formation et à quitter le séminaire.

Cette maladie a été un choc pour moi et pour ceux qui m'entouraient. Elle a remis en question toutes mes certitudes et mes aspirations, me confrontant à l'incertitude de l'avenir et à la fragilité de la vie humaine. J'ai dû faire face à de nombreuses difficultés et à des moments de désespoir alors que je luttais contre la maladie et cherchais à retrouver ma santé.

Malgré tous les efforts déployés pour me soigner, ma condition ne s'améliorait pas, et il est devenu évident que je devais prendre du recul par rapport à mes projets de devenir prêtre. C'était un moment de grande douleur et de désillusion pour moi, un moment où j'ai dû faire face à la réalité de mes propres limites et de mes propres faiblesses.

Finalement, j'ai pris la décision difficile de quitter le grand séminaire et de mettre fin à mes aspirations de devenir prêtre. C'était un choix déchirant, empreint de tristesse et de regret, mais c'était aussi une décision nécessaire pour préserver ma santé et mon bien-être.

Et ainsi se termine mon récit, marqué par les hauts et les bas de ma vie, par les défis et les épreuves que j'ai dû affronter, mais aussi par les moments de grâce et de beauté qui ont illuminé mon chemin. Je préfère garder le silence sur la suite de ma vie, sachant que chaque chapitre reste à écrire et que Dieu guide toujours mes pas, même dans l'incertitude de l'avenir.

Chapitre 19 : À la croisée des chemins

À la croisée des chemins de ma vie, je me suis retrouvé confronté à des décisions cruciales qui allaient façonner mon avenir de manière irréversible. C'était un moment d'incertitude et de réflexion, où chaque choix que je faisais semblait porter le poids de toute une existence.

Depuis la mort de mon père et la fin de ma formation au séminaire, j'avais été plongé dans un tumulte émotionnel et spirituel. La maladie qui avait interrompu mes études m'avait laissé avec un sentiment de vide et d'indécision, ne sachant pas vers quoi me tourner ni quelle direction prendre.

Dans ces moments de doute, je me suis tourné vers la prière et la méditation, cherchant des réponses dans les profondeurs de mon âme et dans la guidance divine. Je me suis isolé du monde extérieur, cherchant la solitude pour trouver la clarté d'esprit nécessaire à la prise de décision.

Pendant des jours, des semaines même, je suis resté enfermé dans ma chambre, plongé dans une introspection profonde et parfois douloureuse. Je revis des souvenirs du passé, des moments de joie et de peine qui avaient jalonné mon parcours jusqu'à présent.

Parmi les pensées qui tournaient sans fin dans mon esprit, il y avait l'incertitude quant à ma vocation religieuse. Était-ce vraiment la voie que je devais suivre, ou y avait-il autre chose qui m'appelait, quelque chose que je n'avais pas encore découvert ?

Mais au-delà de mes préoccupations personnelles, il y avait aussi des questions plus vastes qui me tourmentaient. Je me demandais quel était mon rôle dans ce monde, quelles étaient mes responsabilités envers les autres et envers moi-même, et comment je pouvais contribuer au bien-être de l'humanité.

Alors que je cherchais des réponses à ces questions, je me suis souvenu des paroles de sagesse de mon père, qui me disait toujours de suivre mon cœur et d'avoir confiance en la voie que Dieu avait tracée pour moi. Ces paroles résonnaient en moi comme un écho lointain, me rappelant que la vérité que je cherchais était déjà en moi, attendant simplement d'être découverte.

Finalement, après des jours de méditation et de prière, une réponse commença à émerger dans mon esprit. Je réalisai que ma vocation n'était pas seulement une question de choix entre le sacerdoce et une autre voie, mais plutôt une question de service et de dévouement envers Dieu et envers mes semblables, quelle que soit la forme que cela prenait.

Ainsi, à la croisée des chemins de ma vie, je pris la décision de suivre mon cœur et de me consacrer entièrement au service de Dieu et de l'humanité, où que cela puisse me mener. C'était un choix audacieux et incertain, mais c'était aussi un choix empreint de foi et de confiance en la guidance divine.

Alors que je sortais de ma période d'introspection et que je me préparais à affronter l'avenir avec courage et détermination, je sentais une paix profonde et une certitude tranquille remplir mon cœur. Peu importait ce que l'avenir me réservait, je savais que j'étais sur la bonne voie, guidé par la lumière de la foi et de l'amour.

Cependant, cette décision n'était pas sans défis ni sacrifices. Je savais que suivre cette voie impliquerait des renoncements et des compromis, mais je me sentais prêt à les affronter avec résolution. La perspective de servir Dieu et l'humanité me donnait une force intérieure que je n'avais jamais connue auparavant.Ainsi, armé de ma foi et de ma détermination, je me suis lancé sur le chemin qui s'ouvrait devant moi, avec confiance et espoir dans mon cœur. Je savais que ce serait un voyage difficile, mais je savais aussi que ce serait un voyage enrichissant, rempli de défis et de réalisations qui me permettraient de grandir en tant qu'homme et en tant que serviteur de Dieu. Et alors que je quittais mon refuge de solitude et de réflexion, je sentais que j'étais prêt à affronter le monde extérieur avec courage et détermination. Je ne savais pas exactement ce que l'avenir me réservait, mais je savais que j'étais prêt à faire face à tout ce qui viendrait, avec la foi comme ma boussole et l'amour comme ma force motrice.

C'était un moment de transformation et de renaissance, où j'ai trouvé la force et la conviction nécessaires pour affronter l'avenir avec confiance et détermination. Et maintenant, avec le chapitre suivant qui s'ouvre devant moi, je suis prêt à poursuivre mon voyage avec foi, courage et détermination.

Chapitre 20 : Le voyage initiatique

Le chemin devant moi s'étendait comme une toile vierge, prêt à être peint avec les couleurs de mes expériences futures. Avec la décision prise à la croisée des chemins, je me suis engagé dans un voyage initiatique, un voyage qui allait façonner mon être de manière profonde et durable.

Ma première étape était de quitter le confort relatif de ma maison familiale pour explorer le monde au-delà de ses frontières. C'était un acte de foi et de courage, quitter la sécurité de ce que je connaissais pour plonger dans l'inconnu, mais je savais que c'était nécessaire pour ma croissance personnelle et spirituelle.

Je me suis donc mis en route, sac sur le dos et cœur rempli d'excitation et d'appréhension. Mon premier arrêt était un petit monastère niché au sommet d'une colline, où je prévoyais de passer un temps de retraite et de méditation pour me recentrer et me préparer à la prochaine étape de mon voyage.

Le monastère était un havre de paix et de sérénité, entouré par la beauté naturelle de la campagne environnante. Les moines qui y vivaient semblaient rayonner d'une aura de calme et de contentement, et j'ai été immédiatement frappé par leur humilité et leur dévotion à leur vocation.

Pendant mon séjour au monastère, j'ai participé aux prières et aux rituels quotidiens, me plongeant dans la vie monastique et apprenant des enseignements des moines.

Leur sagesse ancienne et leur profondeur spirituelle m'ont inspiré et m'ont donné une nouvelle perspective sur ma propre quête de sens et de vérité.

Mais ce n'était que le début de mon voyage. Après avoir quitté le monastère, je me suis lancé sur les routes de campagne, voyageant de village en village, rencontrant des gens de tous horizons et découvrant la richesse et la diversité de la vie humaine.

Chaque rencontre était une leçon, chaque conversation était une occasion d'apprendre et de grandir. Je me suis immergé dans les cultures et les traditions des endroits que je visitais, ouvrant mon esprit à de nouvelles idées et perspectives.

Au fil des semaines et des mois, mon voyage m'a conduit à travers des paysages variés et des expériences uniques. J'ai marché sur des chemins de montagne escarpés, traversé des déserts brûlants et navigué sur des eaux tumultueuses, chaque étape de mon voyage m'apportant de nouvelles leçons et de nouvelles révélations sur moi-même et sur le monde qui m'entourait.

Mais au-delà des défis physiques du voyage, il y avait aussi des défis spirituels et émotionnels à surmonter. Parfois, je me sentais perdu et seul, dépassé par l'ampleur de la tâche qui m'attendait. Mais à chaque fois, je trouvais la force et le courage de continuer, guidé par la conviction profonde que ce voyage était une partie essentielle de mon cheminement spirituel.

Alors que je poursuivais mon voyage initiatique, les souvenirs du monastère bénédictin de HEKANMÈ et du Père supérieur Simon continuaient à résonner en moi, comme des guides silencieux sur mon chemin. Leur sagesse et leur compassion m'avaient donné une base solide pour mon voyage, et je me sentais reconnaissant pour leur influence positive dans ma vie.

À mesure que je traversais des contrées lointaines et des terres inconnues, je me rappelais souvent les paroles du Père Simon : "La véritable découverte ne consiste pas à trouver de nouveaux paysages, mais à avoir de nouveaux yeux." Ces paroles résonnaient en moi alors que je découvrais des cultures et des traditions différentes de celles que j'avais connues auparavant.

Dans chaque village et chaque ville que je visitais, je cherchais des occasions de servir et d'apprendre des autres. Que ce soit en aidant à construire des abris pour les personnes dans le besoin, en partageant des repas avec des familles locales ou en écoutant les histoires des anciens, chaque acte de générosité et de compassion était une leçon d'humilité et de gratitude.

Mais il y avait aussi des moments de solitude et de doute, des moments où je me demandais si j'avais pris la bonne décision en quittant le confort relatif du monastère pour me lancer dans cette aventure incertaine. Dans ces moments-là, je me tournais vers la prière et la méditation, cherchant la guidance de Dieu pour m'éclairer sur mon chemin.

Et à chaque fois, la réponse venait sous une forme ou une autre, que ce soit à travers une rencontre fortuite avec un étranger bienveillant ou à travers une expérience de connexion profonde avec la nature. Je savais que je n'étais jamais seul, que Dieu était avec moi à chaque étape du chemin, me guidant et me protégeant dans mes voyages.

Et ainsi, alors que je continuais mon voyage à travers les terres lointaines et les contrées inconnues, je sentais mon esprit s'ouvrir et mon âme s'élever vers de nouveaux horizons. Chaque expérience était une étape sur le chemin de la découverte de soi et de la communion avec Dieu, et j'étais reconnaissant pour chaque instant, aussi difficile soit-il.

Chapitre 21 : Rencontres inattendues à Dassa

Le soleil était haut dans le ciel lorsque je me suis arrêté dans un petit village isolé, niché au creux des montagnes. Les rues pavées étaient bordées de maisons aux toits de chaume, et l'air était rempli du parfum sucré des fleurs sauvages qui poussaient le long des sentiers. C'était un endroit paisible et tranquille, loin de l'agitation du monde extérieur, et j'ai senti un frisson d'excitation me traverser alors que je me dirigeais vers le cœur du village.

À mesure que je marchais, j'aperçus un petit marché animé, où les villageois se rassemblaient pour acheter et vendre des produits locaux. Les étals étaient remplis de fruits frais, de légumes colorés et de produits artisanaux, et l'atmosphère était imprégnée de l'agitation joyeuse de la vie quotidienne.

Je me suis attardé un moment pour observer la scène, laissant les couleurs et les sons du marché m'envelopper. C'était un tableau vivant de la vie rurale, où les gens travaillaient dur pour subvenir à leurs besoins et où la solidarité était une valeur fondamentale.

Alors que je continuais à explorer le village, je fus attiré par un bâtiment en pierre grise, situé à l'extrémité de la place du marché. C'était une église ancienne, avec des murs couverts de vignes et une porte en bois sculpté, qui semblait inviter les voyageurs à entrer et à découvrir ce qui se cachait à l'intérieur.

Poussant la porte, je pénétrai dans l'obscurité apaisante de l'intérieur de l'église. La lumière du soleil filtrait à travers les vitraux colorés, projetant des motifs enchanteurs sur les murs de pierre. L'air était imprégné d'une senteur de cire d'abeille et d'encens, et je sentis une paix profonde m'envahir alors que je m'agenouillais pour prier.

Pendant que je priais, je sentis une présence à mes côtés, et en relevant les yeux, je vis un homme âgé assis sur un banc près de l'autel. Il avait les cheveux blancs et le visage ridé par les années, mais ses yeux brillaient d'une lueur d'intelligence et de bienveillance.

"Bonjour, mon fils", dit-il d'une voix douce. "Je suis le père André, le prêtre de cette paroisse. Que puis-je faire pour vous ?"

Je fus surpris par sa gentillesse et son accueil chaleureux, mais je me sentis aussi immédiatement à l'aise en sa présence. Je lui racontai mon voyage et la quête spirituelle qui m'avait conduit jusqu'à ce petit village, et il écouta attentivement, hochant la tête de temps en temps pour montrer qu'il comprenait.

Après avoir terminé mon récit, le père André me regarda avec un sourire bienveillant. "Il semble que vous ayez parcouru un long chemin, mon fils", dit-il. "Mais sachez que vous n'êtes pas seul dans votre quête. Dieu est avec vous à chaque étape du chemin, vous guidant et vous protégeant dans vos voyages."

Je fus profondément touché par ses paroles, et je sentis un poids s'élever de mes épaules alors que je réalisais que je n'étais pas seul dans ma quête de vérité et de spiritualité. Le père André m'invita à rester un moment pour discuter plus avant, et nous passâmes l'après-midi à parler de la foi, de la vie et de la nature de Dieu.

Au fur et à mesure que la journée avançait, je sentis un lien se tisser entre nous, un lien qui transcenda les barrières du temps et de la distance. Le père André était plus qu'un simple prêtre ; il était un guide spirituel et un ami, et je me sentis reconnaissant de l'avoir rencontré sur mon chemin.

Alors que le soleil commençait à décliner à l'horizon, le père André me conduisit à l'extérieur de l'église et me montra un petit sentier qui serpentait à travers les collines environnantes. "C'est un endroit spécial", dit-il. "Un lieu où les voyageurs viennent depuis des siècles pour trouver la paix et la sérénité." Il me sourit, puis ajouta : "Je pense que vous apprécierez la vue d'en haut."

Je le remerciai pour son hospitalité et son accompagnement, puis je pris le sentier indiqué par le père André. La pente douce et les arbres majestueux qui bordaient le chemin me rappelaient la beauté et la grandeur de la nature, et je me sentais reconnaissant de pouvoir partager ce moment avec un homme aussi sage et bienveillant.

À mesure que je progressais le long du sentier, mes pensées vagabondaient vers les rencontres inattendues que j'avais faites au cours de mon voyage. Chaque personne croisée sur mon chemin avait apporté une nouvelle perspective à ma quête de sens et de vérité, et j'étais reconnaissant pour chacune de ces rencontres fortuites.

Bientôt, le sentier déboucha sur une clairière ensoleillée, offrant une vue imprenable sur la vallée en contrebas. Les montagnes s'étendaient à perte de vue, leurs sommets enneigés scintillant sous les rayons du soleil couchant. C'était un spectacle à couper le souffle, et je me sentis envahi par une profonde gratitude pour la beauté du monde qui m'entourait.

Je m'assis sur un rocher près du bord de la falaise, laissant mes pensées s'envoler avec le vent qui soufflait doucement à travers les arbres. Le calme et la tranquillité de cet endroit magique m'emplissaient d'une paix intérieure que je n'avais jamais connue auparavant, et je me promis de revenir ici souvent pour méditer et réfléchir.

Alors que le soleil se couchait lentement à l'horizon, je fermai les yeux et laissai mes pensées se perdre dans les méandres de la nuit naissante. Je sentis une présence douce et réconfortante à mes côtés, une présence qui me rappelait que je n'étais jamais seul dans ma quête de vérité et de spiritualité.

Et ainsi se termina ce jour mémorable, un jour marqué par les rencontres inattendues et les découvertes surprenantes. Alors que je contemplais le paysage à couper le souffle qui s'étendait devant moi, je sentis mon cœur s'emplir d'une gratitude profonde pour toutes les merveilles de la vie et pour les nombreuses bénédictions qui m'avaient été accordées dans mon voyage.

Chapitre 22 : Le don de l'amitié

Alors que je poursuivais mon voyage à travers les contrées lointaines et les terres inconnues, je fus amené à faire une rencontre qui allait changer le cours de ma vie pour toujours. C'était un jour comme les autres, alors que je traversais une forêt dense et mystérieuse, que j'aperçus une silhouette solitaire assise au bord d'un ruisseau étincelant. Intrigué, je m'approchai, et ce que je découvris fut une rencontre inattendue avec un homme nommé Jacques.

Jacques était un ermite, un homme qui avait choisi de vivre en ermite dans les bois depuis de nombreuses années. Il avait les cheveux gris et le visage buriné par le soleil et le vent, mais ses yeux brillaient d'une lueur d'intelligence et de sagesse. Il me regarda avec curiosité alors que je m'approchais, et un sourire chaleureux étira ses lèvres ridées.

"Bonjour, mon ami", dit-il d'une voix douce. "Que fais-tu dans ces bois reculés ?"

Je lui expliquai brièvement mon voyage et ma quête de vérité et de spiritualité, et il m'écouta attentivement, hochant la tête de temps en temps pour montrer qu'il comprenait. Puis, il me fit signe de m'asseoir à côté de lui, et nous passâmes l'après-midi à discuter de la vie, de la nature et de la quête de sens.

Au fil de notre conversation, je découvris que Jacques avait une connaissance profonde de la nature et des mystères de l'univers. Il parlait des étoiles et des constellations avec une passion palpable, et il me raconta des histoires fascinantes sur les anciens sages et les traditions oubliées.

Mais ce qui me frappa le plus chez Jacques, ce n'était pas seulement sa sagesse et sa connaissance, mais aussi sa gentillesse et sa compassion envers les autres. Malgré sa vie solitaire dans les bois, il avait un cœur généreux et ouvert, toujours prêt à aider ceux qui en avaient besoin.

Au fur et à mesure que le soleil déclinait à l'horizon, nous nous levâmes pour partir, et je sentis une profonde gratitude envers Jacques pour son accueil chaleureux et son amitié sincère. Il m'avait donné plus que des mots de sagesse ; il m'avait donné le don précieux de l'amitié, un cadeau que je chérirais pour le reste de ma vie.

Nous nous séparâmes avec la promesse de nous revoir un jour, et alors que je reprenais mon chemin à travers la forêt, je sentis mon cœur léger et joyeux. J'avais trouvé un ami et un mentor dans ce lieu reculé, et je savais que cette rencontre inattendue serait une source d'inspiration et de réconfort pour moi dans les jours à venir.

Et ainsi se termina ce jour mémorable, un jour marqué par le don précieux de l'amitié et par la découverte d'un trésor caché dans les profondeurs de la forêt. Alors que je marchais sous les arbres majestueux, je sentis une profonde gratitude pour toutes les rencontres fortuites qui avaient jalonné mon voyage, et je savais que chacune d'entre elles m'avait aidé à grandir et à mûrir en tant qu'homme et en tant que chercheur de vérité.

Alors que je quittais la compagnie de Jacques et reprenais ma route à travers la forêt, son visage bienveillant et ses paroles inspirantes résonnaient encore en moi. J'avais trouvé en lui bien plus qu'un simple ermite ; il était devenu un guide, un ami et un mentor sur mon chemin spirituel.

Chaque pas que je faisais à travers les bois était empreint d'une profonde réflexion. Les paroles de Jacques tournoyaient dans mon esprit, me rappelant l'importance de rester connecté à la nature et à mes propres aspirations spirituelles. Je me sentais reconnaissant pour cette rencontre fortuite qui avait illuminé ma journée et éclairé ma quête intérieure.

Alors que le crépuscule enveloppait la forêt dans un voile d'obscurité, je trouvai un endroit abrité où passer la nuit. Sous les étoiles scintillantes et le murmure apaisant du ruisseau à proximité, je m'endormis avec un sentiment de paix et de contentement qui enveloppait mon être tout entier.

Le lendemain matin, je me réveillai rafraîchi et prêt à poursuivre mon voyage. Je pris le temps de saluer la nature qui m'entourait, de remercier l'univers pour cette nouvelle journée qui s'offrait à moi. Puis, je me mis en route, le cœur léger et l'esprit ouvert aux possibilités qui se présenteraient sur mon chemin.

Au fil des jours et des semaines qui suivirent, je continuai à voyager à travers les contrées lointaines et les terres inconnues, rencontrant des personnes de tous horizons et découvrant la richesse et la diversité du monde qui m'entourait. Chaque rencontre était une leçon, chaque expérience était une occasion d'apprentissage et de croissance.

Et même lorsque les jours se faisaient sombres et incertains, je savais que j'avais en moi la force et la résilience nécessaires pour surmonter les obstacles qui se dressaient sur mon chemin. Car j'avais appris de Jacques et de tant d'autres guides rencontrés sur ma route que la véritable sagesse réside dans la capacité à trouver la lumière même dans les ténèbres les plus profondes.

Ainsi, mon voyage se poursuivait, un voyage de découverte, d'exploration et de transformation. Et bien que je ne sache pas ce que l'avenir me réservait, je savais que tant que je resterais fidèle à moi-même et à mes convictions les plus profondes, je trouverais toujours mon chemin vers la lumière.

Chapitre 23 : Le Retour aux Origines

Alors que mon voyage avançait, une force intérieure me poussait à retourner là d'où tout avait commencé : mon village natal. C'était un retour aux origines, une quête pour retrouver mes racines et redécouvrir les fondations de mon être.

Le trajet vers mon village était long et parsemé d'obstacles, mais chaque détour et chaque défi rencontré renforçaient ma détermination à atteindre mon but. Je traversai des vallées verdoyantes, des rivières tumultueuses et des montagnes escarpées, ma volonté guidée par un désir ardent de retrouver mes origines.

Enfin, après des semaines de voyage, je fis mon entrée dans mon village natal. Les rues pavées semblaient plus étroites, les maisons plus petites, mais chaque coin de rue évoquait des souvenirs d'enfance et des moments précieux partagés avec ma famille et mes amis.

Je fus accueilli avec chaleur et enthousiasme par les habitants du village, qui semblaient ravis de me revoir après tant d'années d'absence. Les visages familiers et les sourires bienveillants me remplirent le cœur de joie et de reconnaissance, et je sentis une profonde gratitude pour cette communauté qui m'avait vu grandir et m'avait façonné en tant qu'homme.

Pendant mon séjour dans le village, je revis chaque lieu qui avait marqué mon enfance : l'église où j'avais été baptisé, l'école où j'avais appris mes premières leçons, la place du marché où j'avais joué avec mes amis. Chaque endroit avait une histoire à raconter, un souvenir à partager, et je m'imprégnai de chaque moment avec émotion et gratitude.

Mais ce fut en retrouvant ma famille que je ressentis le plus profondément le lien indéfectible qui nous unissait. Mes parents, mes frères et sœurs, mes cousins et cousines, tous étaient là pour m'accueillir avec amour et affection. Nous partageâmes des repas, des rires et des larmes, ravivant des liens qui n'avaient jamais vraiment été rompus malgré les années de séparation.

Pendant mon séjour dans le village, je pris le temps de me reconnecter avec mes racines et de redécouvrir les valeurs et les traditions qui avaient façonné mon identité. Je participai aux célébrations religieuses, aux fêtes communautaires et aux rituels familiaux, retrouvant un sentiment de familiarité et de réconfort dans chaque geste et chaque parole.

Et alors que je m'apprêtais à quitter mon village natal pour poursuivre mon voyage, je réalisai que ce retour aux origines m'avait apporté bien plus que je ne l'avais imaginé. J'avais retrouvé une part de moi-même que j'avais longtemps ignorée, une part de moi-même qui était profondément enracinée dans ce lieu et cette communauté qui m'avaient vu naître.

Ainsi se termina mon séjour dans mon village natal, un séjour marqué par les retrouvailles, les souvenirs et les émotions. Alors que je reprenais la route, le cœur lourd de nostalgie mais aussi empli de gratitude, je savais que ce retour aux origines avait été une étape essentielle sur mon chemin de découverte de soi et de connexion avec mes racines. Et je savais que, quelle que soit la destination finale de mon voyage, je porterais toujours avec moi les souvenirs et les enseignements de mon village natal, un phare de lumière et de chaleur dans les ténèbres de l'inconnu.

Chapitre 24 : Le Chemin de la Révélation

Le voyage de découverte de soi est une quête profonde et personnelle qui nous conduit à explorer les recoins les plus secrets de notre âme. C'est une aventure intérieure où chaque pas nous rapproche un peu plus de la vérité fondamentale de notre être. C'est sur ce chemin sinueux que je me suis engagé, déterminé à sonder les profondeurs de mon âme et à découvrir les mystères qui m'attendaient.

Après avoir quitté mon village natal, je me suis lancé dans un périple à travers des contrées lointaines et des paysages variés. La route était longue et parsemée d'obstacles, mais chaque détour et chaque défi rencontré renforçait ma détermination à poursuivre mon voyage. Je traversai des vallées verdoyantes, des déserts arides et des montagnes escarpées, mon esprit guidé par un désir ardent de découverte et de compréhension.

Au fil des jours et des semaines qui suivirent, je fis de nombreuses rencontres qui allaient changer ma vision du monde et de moi-même. Je rencontrai des sages et des ermites, des guérisseurs et des chamans, des personnes dont la sagesse et la compassion m'inspiraient et me guidaient dans ma quête de vérité.

C'est alors que je fis une rencontre qui allait marquer un tournant décisif dans mon voyage. C'était un homme sage et mystérieux, un ermite vivant au sommet d'une montagne isolée. Sa présence était empreinte de tranquillité et de sérénité, et je sentis dès le premier instant que j'avais trouvé en lui un guide et un mentor.

L'ermite m'accueillit avec bienveillance dans sa modeste demeure, et nous passâmes de longues heures à discuter des mystères de l'univers et de la nature de la réalité. Ses paroles étaient empreintes de sagesse et de vérité, et je les écoutai avec une attention passionnée, avide de comprendre les secrets cachés de l'existence.

Au fil des jours passés en sa compagnie, je fis l'expérience de révélations profondes et de découvertes surprenantes. Il m'enseigna les secrets des anciens, les leçons des étoiles et des constellations, et je sentis mon esprit s'ouvrir à de nouveaux horizons de compréhension et de connaissance. Chaque conversation avec lui était une leçon, chaque moment passé en sa présence était une opportunité d'apprentissage et de croissance.

Mais ce n'était pas seulement les paroles de l'ermite qui m'inspiraient, c'était aussi sa présence apaisante et réconfortante. Il avait vécu des siècles dans les montagnes, loin de la civilisation et de ses tourments, et je sentais en lui une sagesse et une tranquillité que je ne pouvais trouver nulle part ailleurs. Chaque jour passé en sa compagnie était une bénédiction, une occasion de me connecter à quelque chose de plus grand que moi-même et de découvrir la vérité cachée au plus profond de mon être.

Et alors que je quittai la montagne et l'ermite pour poursuivre mon voyage, je savais que rien ne serait plus jamais pareil. J'avais été transformé par cette rencontre, par ces révélations qui avaient éclairé mon chemin et illuminé mon esprit. J'avais trouvé en l'ermite un guide et un mentor, un ami et un confident, et je savais que son influence serait à jamais gravée dans mon cœur et dans mon esprit.

Ainsi se termina cette étape de mon voyage, une étape marquée par les enseignements d'un sage ermite et les révélations d'une vérité profonde. Alors que je reprenais la route, le cœur rempli de gratitude et d'humilité, je savais que le chemin qui s'ouvrait devant moi était celui de la révélation et de la découverte de soi. Et je savais que j'étais prêt à affronter tous les défis qui m'attendaient, armé de la sagesse et de la vérité que j'avais acquises dans les montagnes de la connaissance.

Chapitre 25 : Les épreuves du feu

Sur mon chemin de découverte de soi, je me suis retrouvé confronté à une série d'épreuves qui allaient mettre à rude épreuve ma détermination et ma résilience. Ces épreuves, je les ai affrontées avec courage et détermination, car je savais qu'elles étaient nécessaires à ma croissance et à mon épanouissement spirituel.

La première épreuve survint sous la forme d'une tempête dévastatrice qui balaya la région où je me trouvais. Les vents violents et les pluies torrentielles menacèrent de me submerger, mais je refusai de céder à la peur et à la panique. Au contraire, je fis preuve de courage et de détermination, puisant au plus profond de moi-même la force nécessaire pour affronter la tempête et en sortir indemne.

La deuxième épreuve vint sous la forme d'une rencontre inattendue avec un groupe de bandits qui cherchaient à me dépouiller de mes biens. Face à cette menace imminente, je fis appel à ma ruse et à ma débrouillardise pour échapper à leurs griffes. Je me fondis dans les ombres et les recoins sombres, utilisant chaque opportunité pour échapper à mes poursuivants et atteindre un lieu sûr.

La troisième épreuve survint sous la forme d'une maladie débilitante qui m'affaiblit et me mit à l'épreuve. Malgré les douleurs et les souffrances, je refusai de baisser les bras et de céder à la désespérance. Au contraire, je fis preuve de détermination et de résilience, luttant chaque jour pour regagner ma santé et ma force.

La quatrième épreuve vint sous la forme d'une tentation insidieuse qui menaçait de me détourner de mon chemin. Face à cette tentation, je fis appel à ma volonté et à ma foi, refusant de céder aux sirènes de la facilité et de la complaisance. Je restai ferme dans mes convictions et mes valeurs, sachant que c'était là le seul moyen de préserver mon intégrité et ma dignité.

La cinquième épreuve survint sous la forme d'un conflit intérieur qui me tourmentait et me déchirait. Face à ce conflit, je fis appel à ma sagesse intérieure et à ma capacité à faire face à l'adversité. Je cherchai la paix et la réconciliation dans mon cœur, refusant de laisser la colère et la rancœur prendre le dessus sur ma raison et ma compassion.

Au fil de ces épreuves, je fus mis à l'épreuve comme jamais auparavant. Mais à chaque défi, je fis preuve de courage, de détermination et de résilience, puisant au plus profond de moi-même la force nécessaire pour affronter l'adversité et en sortir grandi. Ces épreuves, je les vis comme des opportunités de croissance et de transformation, des étapes sur le chemin de ma propre évolution spirituelle.

Et alors que je sortais victorieux de ces épreuves du feu, je savais que j'étais plus fort, plus sage et plus résilient que jamais. Car j'avais appris que c'est dans les moments les plus sombres et les plus difficiles que l'on trouve la lumière et la force nécessaires pour continuer à avancer sur le chemin de la vérité et de la découverte de soi. Et je savais que, quelle que soit la suite de mon voyage, je serais prêt à affronter tous les défis qui se présenteraient à moi, armé de la sagesse et de la résilience que j'avais acquises au cours de ces épreuves du feu.

Alors que je réfléchissais sur les leçons tirées de mes épreuves, je réalisais que chaque défi que j'avais affronté avait été une occasion d'apprentissage. La tempête m'avait enseigné la force intérieure et la résilience nécessaires pour faire face à l'adversité, tandis que ma rencontre avec les bandits m'avait rappelé l'importance de la prudence et de la vigilance dans un monde souvent hostile. La maladie m'avait offert une leçon d'humilité et de gratitude, me rappelant la fragilité de la vie et l'importance de prendre soin de moi-même. La tentation avait mis à l'épreuve ma volonté et ma détermination, me montrant que le chemin de la vertu et de l'intégrité n'était pas toujours facile, mais qu'il était toujours juste.

Chapitre 26 : L'appel du destin vers de nouveaux horizons

Dans ma quête de découverte de soi et d'illumination spirituelle, je sentais l'appel du destin me pousser vers de nouveaux horizons, m'invitant à explorer des territoires inconnus de mon être et du monde qui m'entourait. Cet appel, je le ressentais comme une force irrésistible, une impulsion intérieure qui me poussait à aller au-delà de mes limites et à embrasser pleinement mon potentiel.

Cet appel du destin se manifesta d'abord sous la forme d'une rencontre fortuite avec un sage itinérant, un homme mystérieux qui semblait posséder une sagesse ancienne et profonde. À travers nos échanges, j'ai ressenti un lien spirituel immédiat avec cet homme, comme si nos âmes étaient destinées à se rencontrer dans cette vie. Ses paroles résonnaient en moi comme un écho de vérité, m'inspirant à poursuivre mon voyage avec un zèle renouvelé et une détermination inébranlable.

Guidé par cet appel du destin, je me suis lancé dans une quête intérieure plus profonde, explorant les mystères de l'âme et de la conscience avec une curiosité insatiable. J'ai plongé dans les profondeurs de mon être, explorant les recoins les plus sombres de mon âme et les hauteurs les plus élevées de mon esprit. À travers la méditation, la contemplation et la réflexion, j'ai cherché à comprendre les forces qui façonnent ma réalité et à trouver un sens plus profond à ma vie.

Au cours de cette exploration intérieure, j'ai été confronté à de nombreux défis et obstacles, des épreuves qui mettaient à l'épreuve ma détermination et ma résilience. Mais à chaque défi, je me suis relevé avec une force renouvelée, puisant dans la sagesse et la guidance que j'avais acquises au cours de mon voyage. J'ai appris à surmonter mes peurs et mes doutes, à embrasser l'incertitude et le changement avec courage et confiance.

Au fur et à mesure que je progressais sur mon chemin, j'ai commencé à percevoir des signes et des synchronicités qui semblaient me guider vers ma destinée. Des rencontres fortuites, des événements inattendus et des coïncidences troublantes semblaient converger pour me conduire vers un but plus grand, une mission plus vaste qui m'attendait au-delà de l'horizon.

Guidé par cet appel du destin, j'ai entrepris un voyage intérieur et extérieur à travers des terres inconnues et des contrées lointaines. J'ai exploré des lieux sacrés et des sites anciens, cherchant à percer les mystères de l'univers et à trouver des réponses aux questions qui tourmentaient mon esprit. J'ai rencontré des sages et des maîtres spirituels, des guides et des mentors qui m'ont aidé à comprendre les vérités fondamentales de la vie et de la réalité.

Mais plus que tout, j'ai découvert que le véritable voyage était celui qui se déroulait à l'intérieur de moi-même, celui qui m'amenait à explorer les profondeurs de mon âme et à embrasser pleinement qui je suis vraiment. À travers cette exploration intérieure, j'ai trouvé la paix et la sérénité, la clarté et la compréhension qui m'avaient longtemps échappé.

Et ainsi, armé de la sagesse et de la guidance que j'avais acquises au cours de mon voyage, j'ai continué à avancer avec confiance et détermination. Car j'avais appris que l'appel du destin est une force puissante qui guide nos pas et nous conduit vers notre plein potentiel. Et alors que je me lançais vers de nouveaux horizons, je savais que l'aventure ne faisait que commencer, et que les possibilités étaient infinies pour celui qui ose suivre son cœur et répondre à l'appel de son destin.

Étude du Roman *"L'amour raté: La bataille de l'étole et la bague de mariage"*

1. *Genre littéraire : "L'amour raté" appartient au genre du drame romantique et de la fiction réaliste. Il explore les thèmes de l'amour, de la perte et du deuil, tout en mettant en lumière les complexités des relations humaines.

2. *Intrigue et Structure : Le roman suit l'histoire d'une famille marquée par les épreuves et les tragédies, notamment les décès prématurés des membres de la famille et les échecs amoureux du protagoniste. L'intrigue est structurée autour des différents chapitres qui retracent les moments clés de la vie du protagoniste, de son enfance à l'âge adulte.

3. *Thèmes Principaux : Les thèmes principaux de "L'amour raté" incluent l'amour, la perte, le deuil, la famille, et la résilience. Le roman explore également les notions de destinée, de choix et de rédemption à travers les expériences du protagoniste et de sa famille.

4. *Personnages : Les personnages du roman sont profondément humains et complexes, chacun confronté à ses propres défis et luttes intérieures. Le protagoniste, en particulier, est dépeint avec nuance, montrant ses forces et ses faiblesses alors qu'il navigue à travers les vicissitudes de la vie.

5. *Style d'Écriture : L'écriture de "L'amour raté" est poignante et émotionnelle, capturant avec sensibilité les

nuances des relations humaines et les émotions des personnages. L'auteur utilise un langage évocateur et des descriptions détaillées pour immerger le lecteur dans l'univers du roman.

6. *Émotion et Impact : Le roman suscite une gamme d'émotions chez le lecteur, allant de la tristesse à l'espoir, de la nostalgie à la réflexion. À travers les épreuves et les triomphes des personnages, le lecteur est amené à réfléchir sur sa propre vie et sur les liens qui le lient à ceux qu'il aime.

7. *Message et Réflexion : Au cœur de "L'amour raté" réside un message sur la résilience humaine et la capacité à surmonter les obstacles de la vie. Le roman offre également une réflexion sur la nature de l'amour et sur la manière dont il peut transformer et guérir, même dans les moments les plus sombres.

En somme, "L'amour raté: La bataille de l'étole et la bague de mariage" est un roman émouvant et poignant qui explore les complexités de l'amour et du deuil. À travers son récit captivant et ses personnages bien développés, il offre une réflexion profonde sur la condition humaine et sur la force de l'esprit humain face à l'adversité.

Aspect philosophique du livre

Dans "L'amour raté: La bataille de l'étole et la bague de mariage", l'aspect philosophique se manifeste à travers une exploration profonde des thèmes existentiels tels que l'amour, la perte, la foi et le destin. Le protagoniste, confronté à des épreuves et à des choix déchirants, est plongé dans une quête de sens et de compréhension du monde qui l'entoure.

Au cœur du roman se trouve une réflexion sur la nature de l'amour et sur ses multiples facettes. L'amour romantique, familial et spirituel est exploré sous différentes formes, mettant en lumière la complexité des relations humaines et les défis auxquels nous sommes tous confrontés dans notre quête de bonheur et de *fulfillment*.

La question de la foi et de la spiritualité est également au centre du roman. À travers les expériences du protagoniste au séminaire et ses interactions avec les autres personnages, l'auteur soulève des questions profondes sur la croyance, la grâce divine et le libre arbitre. Le roman invite le lecteur à réfléchir sur sa propre relation avec le divin et sur le rôle de la foi dans la construction de notre identité et de notre destinée.

Par ailleurs, le thème du destin et du libre arbitre est abordé de manière subtile tout au long du roman. Le protagoniste se trouve confronté à des choix difficiles et à des événements qui semblent parfois échapper à son contrôle, ce qui l'amène à se questionner sur le rôle du destin dans sa vie et sur sa capacité à façonner son propre avenir.

En somme, "L'amour raté: La bataille de l'étole et la bague de mariage" invite le lecteur à une réflexion philosophique sur les grandes questions de la vie et de l'existence humaine. À travers son exploration des thèmes universels et de ses personnages nuancés, le roman offre une méditation profonde sur la condition humaine et sur la recherche de sens dans un monde marqué par l'impermanence et l'incertitude.

Voici les citations de l'auteur:

1. Chapitre 3 : "Parfois, le plus grand acte d'amour est de laisser partir ceux que nous aimons, même si cela nous déchire le cœur."

2. Chapitre 2 : "La foi, c'est cette étincelle qui brûle au fond de nous, même lorsque tout semble sombre autour de nous."

3. Chapitre 5 : "Dans l'obscurité de la nuit, j'ai cherché la lumière de l'amour, mais je n'ai trouvé que l'ombre de la solitude."

4. Chapitre 4 : "Dans chaque épreuve, il y a une leçon à apprendre, une vérité à découvrir, et un nouveau chemin à emprunter."

5. Chapitre 8 : "L'amour ne connaît pas de frontières, il transcende les distances et les épreuves, il persiste même dans l'ombre de la mort."

6. Chapitre 6 : "La vie est un voyage parsemé d'obstacles et de détours, mais c'est dans ces moments de lutte que nous trouvons notre véritable force."

7. Chapitre 7 : "Parfois, il faut perdre ce que l'on a pour trouver ce que l'on est vraiment censé avoir."

8. Chapitre 12 : "Dans les ténèbres de la nuit, la lumière de l'amour brille toujours, même si elle est parfois cachée derrière les nuages de nos peurs et de nos doutes."

9. Chapitre 9 : "Les cicatrices de nos blessures sont les témoins silencieux de notre résilience et de notre capacité à guérir."

10. Chapitre 10 : "Dans le silence de la solitude, j'ai trouvé la force de me relever et la sagesse de poursuivre mon chemin."

11. Chapitre 11 : "Parfois, les plus grandes vérités sont révélées dans les moments les plus sombres de notre existence."

12. Chapitre 13 : "La vie est une toile tissée de moments de joie et de douleur, mais c'est dans cette dualité que réside sa beauté."

13. Chapitre 14 : "Dans le miroir de nos échecs, nous trouvons la clarté pour voir notre véritable potentiel."

14. Chapitre 15 : "L'amour n'est pas une destination à atteindre, mais un voyage sans fin à partager avec ceux qui nous sont chers."

NB : L'étude du livre a été faite grâce aux commentaires des premiers lecteurs. Merci pour la participation de chacun.

Postface :

En refermant ce livre, je suis rempli d'une profonde gratitude pour ceux qui ont pris le temps de parcourir les pages de mon histoire. Écrire ces mots a été un voyage d'introspection, une exploration des moments les plus significatifs de ma vie, et je suis reconnaissant d'avoir pu les partager avec vous.

Ce récit n'est pas seulement le mien ; il est aussi le vôtre. À travers ces lignes, j'ai essayé de capturer les émotions et les expériences universelles qui nous relient tous en tant qu'êtres humains. Que vous ayez trouvé un miroir de vos propres expériences ou que vous ayez simplement été transporté dans un monde différent, j'espère que cette histoire vous a touché d'une manière ou d'une autre.

Écrire cette postface me rappelle que chaque fin est aussi un nouveau commencement. Alors que vous tournez la dernière page de ce livre, je vous encourage à poursuivre votre propre voyage, à embrasser les défis et les joies qui vous attendent avec la même passion et la même détermination que vous l'avez fait en lisant ces lignes.

Que ce livre soit un compagnon sur votre propre chemin, vous guidant, vous inspirant et vous rappelant que, même dans les moments les plus sombres, il y a toujours de la lumière à trouver. Merci encore pour votre lecture, pour votre soutien et pour avoir partagé ce voyage avec moi.

Avec toute ma gratitude et mes meilleurs vœux pour les chapitres à venir,

L'auteur

Bibliothèque Nationale du Bénin

ISBN : 978-99982-1-864-2

DÉPÔT LÉGAL : 15740

TITRE : **L'amour raté** *(La bataille de l'étole et de la bague de mariage)*

Dépôt légal : Février 2024

www.ingramcontent.com/pod-product-compliance
Lightning Source LLC
Chambersburg PA
CBHW050756160726
48004CB00002B/582